LA SILLA DE PEDRO

EZRA JACK KEATS

LA SILLA DE PEDRO

TRADUCIDO POR MARÍA A. FIOL

PUFFIN BOOKS

Para Joan Roseman

Pedro se estiró lo más que pudo.

¡Al fin! Había terminado el edificio.

¡CATAPLUM! ¡Se vino abajo!

—¡Shhh! —dijo su mamá—.

Tienes que jugar sin hacer tanto ruido.

Acuérdate que tenemos un bebé en casa.

Pedro se asomó al cuarto de su hermana Susie.

Su mamá arreglaba la cuna.

"Ésa es mi cuna" —pensó Pedro—,

"y la han pintado de rosado."

—Hola, Pedro —dijo su papá—.
¿Te gustaría ayudarme a pintar
la silla de comer de tu hermana?
—Ésa es mi silla —susurró Pedro.

Vio su camita y refunfuñó:

—¡Mi camita! ¡También está pintada de rosado!

A pocos pasos estaba su sillita.

¡Aún no la han pintado! —gritó al verla.

Cogió la silla y corrió a su habitación.

—Willie, vamos a escaparnos —dijo Pedro,
y llenó una bolsa grande con galletitas
y con bizcochos para el perro—.
Llevaremos mi silla azul, mi cocodrilo de juguete
y la foto de cuando yo era un bebé.
Willie agarró su hueso.

Salieron y se pararon frente a la casa.

—Éste es un buen lugar —dijo Pedro.

Arregló cuidadosamente sus cosas y decidió
sentarse en su silla por un rato.

Pero no cabía en la silla. ¡Era muy pequeña!

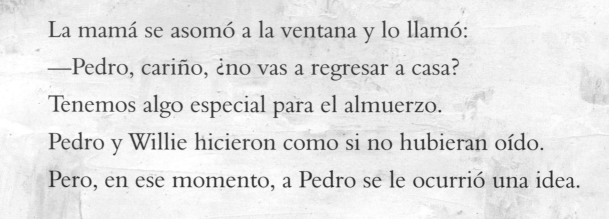

La mamá se asomó a la ventana y lo llamó:

—Pedro, cariño, ¿no vas a regresar a casa?

Tenemos algo especial para el almuerzo.

Pedro y Willie hicieron como si no hubieran oído.

Pero, en ese momento, a Pedro se le ocurrió una idea.

Al poco rato, la mamá se dio cuenta
de que Pedro ya estaba en la casa.
—Ese pícaro está escondido detrás
de la cortina —dijo alegremente.

Movió la cortina.
¡Pero Pedro no estaba ahí!

—Aquí estoy —gritó Pedro.

Pedro se sentó en una silla
para personas mayores
y su papá se sentó a su lado.
—Papi —dijo Pedro—, pintemos de rosad
la sillita para Susie.

Y así lo hicieron.

PUFFIN BOOKS
Published by the Penguin Group
Penguin Putnam Books for Young Readers, 345 Hudson Street, New York, New York 10014, U.S.A.
Penguin Books Ltd, 27 Wrights Lane, London W8 5TZ, England
Penguin Books Australia Ltd, Ringwood, Victoria, Australia
Penguin Books Canada Ltd, 10 Alcorn Avenue, Toronto, Ontario, Canada M4V 3B2
Penguin Books (N.Z.) Ltd, 182-190 Wairau Road, Auckland 10, New Zealand

Penguin Books Ltd, Registered Offices: Harmondsworth, Middlesex, England

First published in the United States of America by Harper & Row, 1967
This Spanish translation first published by HarperCollins Publishers Inc., 1996
Published by Viking and Puffin Books, members of Penguin Putnam Books for Young Readers, 1999

5 7 9 10 8 6 4

Copyright © Ezra Jack Keats, 1967
Copyright © renewed by Martin Pope, 1995
Translation by María A. Fiol
Translation copyright © HarperCollins Publishers, 1996
All rights reserved

THE LIBRARY OF CONGRESS HAS CATALOGED THE ENGLISH EDITION AS FOLLOWS:
Keats, Ezra Jack.
Peter's Chair/Ezra Jack Keats.
p. cm.
Summary: When Peter discovers his blue furniture is being painted pink for a new baby sister,
he rescues the last unpainted item, a chair, and runs away.
ISBN 0-670-88064-7—ISBN 0-14-056441-1 (pbk.)
[1. Chairs—Fiction. 2. Babies—Fiction. 3. Brothers and sisters—Fiction.] I Title
PZ7.K2253Pe 1998 [E]—dc21 97-48302 CIP AC

Puffin Books ISBN 0-14-056654-6

Manufactured in China